Madrid, Etats Zunis d'Amérique

© 2021 Ph. Aubert de Molay/Hispaniola Littératures

Édition : BoD – Books on Demand,
12/14 rond-point des Champs-Élysées, 75008 Paris
Impression : BoD – Books on Demand, Norderstedt, Allemagne

Chargée d'édition HL : Rose Evans

Collection 1 nouvelle

Photographies de couverture : Morgane Aubielle

ISBN : 978-2-3222-5170-4
Dépôt légal : Mai 2021

Madrid, Etats Zunis d'Amérique

nouvelle

Philippe Aubert de Molay

HISPANIOLA LITTERATURES

Collection 1 nouvelle

Il n'avait toujours pas envie de rentrer. Mais il se sentait mieux.
Dan O'Brien, *Au cœur du pays*

Madrid, Etats Zunis d'Amérique

Des idées on en a eu. Beaucoup. De trop, va savoir. L'avant-dernière en date, c'était de se jumeler avec Madrid, Espagne. Nous, Madrid, comté de Santa-Fe, Nouveau-Mexique. Cent-quarante-neuf habitants. Le Crystal Dragoon où l'on vend des minéraux, des turquoises surtout, deux ou trois bars ouverts jusqu'à vingt heures, un centre commercial avec cinq boutiques dont deux à vendre, une épicerie dans une vieille et magnifique bâtisse centenaire, un terrain de basket au ciment ayant besoin d'un méchant coup de neuf, le musée de la mine d'anthracite avec ses deux salles d'exposition et son circuit de deux kilomètres dans la sierra. Le tout, pour ceux que ça intéresse et ils ne doivent pas être légion, entre Albuquerque et Santa-Fe, bien après Rio Ranchos et avant La Cienega. Et si on continue sur sa lancée, on va jusqu'à Las Vegas. Pour le jumelage, les Espagnols ont dit non.

Madrid, Nouveau-Mexique, a relevé la tête avec fierté. Ce qu'on voulait, c'était faire parler de nous pour créer de l'activité, du passage, du tourisme en ville, alors on a proposé un concours d'idées. Le vieux Paddy l'a remporté haut la main : on a qu'à organiser une *toréade*, il a dit comme ça. Pas un rodéo. Des rodéos, il en existe des dizaines dans la région à la belle saison. Et tout près, ceux de Glorieta, Rio Chiquito et Santa Cruz sont réputés. Une toréade (c'est un rodéo avec des taureaux), voilà qui aurait de la gueule tout le monde a pensé. On s'est lancé comme un seul homme. On n'habite pas Madrid pour rien.

Il a été convenu que ce serait moi *l'opérateur* car j'avais participé à des rodéos avec un talent passable. J'ai regardé des tonnes de vidéo sur le net pour apprendre les attitudes et les techniques et j'ai commandé un costume un peu théâtral ($79,95 quand même) sur un site mex. Lorsque l'habit est arrivé, Burt Salomon, l'instituteur, a dit que c'était une pure daube et que, au mieux, là-dedans, je ressemblais vaguement à Daredevil ou à HellBoy, ou plutôt à un super héros encore inconnu et qui n'avait aucune chance de l'être. Un toquard. Ce qui n'était pas le but. Alors la vieille Rosita a assuré qu'elle me confectionnerait un vrai costume pour peu que je lui trouve un modèle convenable. Re-internet. J'ai choisi un costume d'hidalgo, donc mexicanisant, sobre, en velours bordeaux et or. Puis il a fallu trouver un ou deux taureaux.

On pensait demander conseil à Alonzo McClure mais il est mort brutalement. Le pasteur a dit qu'il avait eu une vie bien remplie, qu'il avait bien travaillé comme pompiste de nuit à la station de Paradise Hills jusqu'à ce qu'elle ferme, qu'il avait eu six enfants à priori avec la même mère, ce qui était un exploit par les temps qui courent. Au service funèbre, l'un de ses fils a évoqué la passion de son père pour les chevaux et ses trois voyages au Mexique pour visiter des élevages. D'Alonzo, je garderai deux souvenirs : primo la sainte murgée qu'il s'était pris dernièrement lorsque la First Bank d'Albuquerque lui avait confisqué son pick-up, sa télé grand écran et son quad de chasse (un épuisé Yamaha Grizzly). Secondo l'éclat particulier de ses yeux lorsqu'il te racontait les *toros*. Des histoires de bêtes et d'hommes, d'empoignade, de sueur et de croyances. Alonzo, si tu m'entends, merci pour tout. Ici à Madrid, pas de *toros*. Juste un élevage d'ânes miniatures. Des ultras miniatures et des micro-minis (moins de quatre-vingt centimètres). Des animaux de poche à vendre aux richards de Las Vegas pour agrémenter les jardins-terrasses en plein ciel de leurs apparts au dernier étage. Les toros on les trouverait au sud, de l'autre côté de la frontière, on avait une adresse à Moctezuma, état de Chihuahua. Tout Madrid s'est cotisé. On a choisi deux jeunes bêtes inexpérimentées mais de fière allure. Nerveuses, des petites montagnes d'anthracite. Elles frappaient du sabot. Je ne savais que penser de leurs yeux d'étincelles (modérément rassurant).

C'est Malcom Xochimilco (on l'appelle Malcom X) qui s'est porté volontaire pour soigner les bêtes sur son ranch, à la sortie nord de Madrid. Cet homme n'a aucun défaut, aucun vice, aucun humour. Mais c'est un bon ranchero quand même. Deux ans plus tôt, un campeur venu d'Eugène dans l'Oregon, autrement dit de la lune, est reparti Dieu sait comment avec la femme de Malcom X. Ce dernier a déclaré publiquement que courir après la fuyarde aurait été l'effort de trop. Qu'il préférait laisser pisser. Que tout ça c'était terminé. Finito. Quand tu lui demandes s'il préfère les blondes, les brunes ou les rousses, Malcom X est le genre de gars répondant qu'il ne sait pas. Avec Burt Salomon, le vieux Paddy et Malcom X, on a acheté et voituré les deux bêtes jusqu'à Madrid. Je me dis souvent : vivement je ne sais pas quoi mais vivement. Avec ces toros, peut-être que quelque chose arrive enfin.

Le premier soir du retour (on était mi-mai), un vent glacial a dégringolé des sierras avec quelques milliards de flocons de neige, ça arrive. Jusqu'à la fête du 4 juillet, c'est du domaine du possible. En trois ou quatre heures, l'air devient mauve puis rose, c'est comme une averse de beauté, la température chute, les herbes vert pâle de la prairie se couchent sur la terre comme tabassées. Ça peut durer des jours. Quand on voit ça, on se tait. Plus qu'à relever son col. Et on a presque alors le désir de se sentir poète ou aimé, ce qui revient au même.

On a eu peur que nos deux bêtes mex, habitués aux fournaises de l'état de Chihuahua, ne chopent un refroidissement. Alors dix gars ont apportés des braséros et durant trois ou quatre jours, le temps que le coup de neige nous oublie, on a chauffé l'étable. On était prêt à tout pour que la course, prévue le samedi suivant, se passe bien. Par le bouche à oreille et grâce à un article avantageux dans le *Sunny Madrid* (pour faire le malin, j'avais posé dans le costume d'hidalgo cousu main par la vieille Rosita), on a eu cent quatre-vingt-treize réservations. Pas mal, bien même. Un honorable début. Ce qu'il faut savoir, c'est qu'aux Etats-Unis d'Amérique, les toréades sont rare. Il faut de l'audace, de la force et de l'habileté pour réussir. Il faut oser. J'étais dans un beau pétrin.

Ma *cuadrilla* (équipe ça veut dire) est constituée de Bull Goldstein, Mike Steve Donnovan , Kitty Angel Face (la sœur d'Ava ma petite amie), Smoky Schwartz et Manuel Dominguez (Son frère Macédonio nous a fait remarquer que « Manuel Dominguez » était un vrai nom de matador espagnol. On a fait des recherches et on a lu que ce gars-là (1816-1886), bien que courageux, n'avait pas été un as mais un bon faiseur. Ava a dit que cette homonymie - elle a employé ce mot là -, c'était un bon présage). Il n'y avait plus qu'à.

Et d'abord, ne pas trop penser aux cornes.

En fin de journée, voilà que je passe au ranch de Malcom X. Tout de suite, c'est visible : il est dans un jour où il regrette sa femme partie avec l'autre connard d'Eugène, Oregon. Elle doit se cailler à mort dans les solitudes glacées de ce pays de sauvages là-bas, il dit en écrasant sa cigarette sur un poteau de clôture. Mais elle lui manque. Dans les brouillards matinaux, des biches passent sous mes fenêtres, je pourrais être plus malheureux. Et j'aime l'odeur sucrée des pommes pourrissant dans l'herbe mouillée, il conclut. Je suis venu voir les taureaux, j'annonce. Ils sont immobiles. Sous le soleil mourant des six heures du soir. Tellement de force dans cet arrêt sur image. Des statues d'or. Les cornes. Malcom X : tu n'as pas peur ? Tu vas être dans la bourrasque, amigo. T'es loin d'être un professionnel, t'es juste un bon gars ayant fait passablement du rodéo autrefois. T'es pas un de ces mex qui n'a pas froid aux yeux. Moi : c'est exact. Mais n'oublie pas une chose, hombre : je suis de Madrid. Et c'est la grande cité de la tauromachie ! On rigole. Que ça à faire. Je ne saurais pas comment le formuler mais avec mon Malcom, il y a moyen de trouver la vie en définitive assez drôle. Ensemble, on se débrouille pour oublier un peu l'activisme mélancolique baignant l'enfilade des jours. Et la tristesse douceâtre des nuits solitaires.

Comme je vois que mon ami n'est pas en grande forme, je lui demande où il en est. Tu penses à Lilia, je fais. La réponse tarde à venir, c'est qu'il réfléchit.

Et annonce : on dirait qu'on m'a tiré dessus ou quelque chose. Parfois je ne me souviens de rien. Ma vie d'avant est comme un film dont on m'aurait parlé et tu vois j'écoutais pas attentivement cette histoire car ça ne m'intéressait pas. Je suis juste là, au beau milieu du Nouveau-Mexique, tel un foutu fantôme lessivé. J'ai prié. Le Christ de pitié. Jusqu'à sainte-Rita la patronne des causes perdues. J'ai fait la danse de la pluie, j'ai mangé équilibré et rien n'y a fait, c'est comme si j'étais parti dans des forêts profondes, sur les rives noires d'un lac encore plus noir où me noyer dès que possible. Je dis : OK Malcom mais moi ce que je vois c'est que t'es malheureux comme un chien et pourtant t'es plus calme depuis que ta femme s'est fait la malle. Pas constamment en train de turbiner au Bourbon, t'es. D'accord, tu sembles plus proche du vide et tu sais que rien n'a plus d'importance. Vide autour, vide en toi. Vertige. Mais t'es plus jamais tendu comme un nerf de bœuf, t'es nettement plus calme, vidé par l'amour. Vidangé. T'es quelqu'un d'autre et je préfère cet homme-là même si je partage ton chagrin. On se tait un moment. L'air est rose au-dessus des sierras. On observe les deux bêtes. C'est un moment comme dans les films. Et toi ? Il me demande en me tendant un cigarillo allumé. Je réponds direct : au moins une fois dans ma vie, je voudrais bien faire. Accomplir quelque chose de difficile. Qu'on m'aime pour ça. Lire de l'admiration dans les yeux de mes amis, des gens.

Je voudrais adorer la vie au moins une fois, tu comprends. Juste une.

La plupart du temps, je ne sais pas si je crois à ce que je dis. Et encore moins à ce que je fais. Là, avec les cornes, ce n'est pas pareil. C'est du sérieux et de l'inutile, c'est comme la vie. Je vois, murmure Malcom X. Je continue : tu sais, j'hésite pour tout. Même à la pêche pour choisir un appât, même pour boire un verre c'est un monde car, à la différence des autres, je n'ai pas de marque préférée. Tout le monde a une marque préférée non ? La mort de mon père, l'an passé le quinze décembre, jour de glace et pourtant de grand soleil, j'ai hésité à y croire, ma mère disant : je suis lézardée. Un peu avant, il y a eu cet accident avec mon pick-up, un essieu définitivement de traviole et ça tire à gauche depuis comme tu le sais. Des troubles respiratoires pour moi car le volant m'a sonné. Mais c'est comme si j'avais vu cette scène à la télé. Pas moi l'accidenté. J'hésitais. Comme toi, être un spectre, c'est tout ce dont je me sentais capable. Puis s'est produite cette rencontre atomique avec Ava. Ma stupeur devant cette femme. Sa beauté de puma. Elle, si jeune, moi déjà d'un âge certain. Plus que jamais mon hésitation et elle qui semblait savoir pour deux. Les amours tardives sont peut-être les plus belles car les plus inespérées. Dans la fin d'après-midi, un restant de soleil comme a dit je ne sais plus qui.

On est devant les bêtes. Elles nous jaugent aussi.

Dans le silence du soir, on est là. Au beau milieu du bon vieux merdier universel. J'ignore pourquoi mais je me souviens de ce jour lointain de jeunesse où, pour épater une fille, Malcom X a traversé le Rio Grande à Espanola lors des pluies d'automne. Il a dérivé tellement loin avec ce foutu courant qu'il a noyé son cheval et qu'il n'a jamais revu la fille, pas le cœur pour ça car il aimait son cheval. Soudain, il confie : mystérieusement, on garde une confiance aveugle dans les chevreuils, dans les grands arbres, dans la rivière et dans ses truites bagarreuses. Dans les taureaux aussi, on a immédiatement eu confiance, j'ai tout de suite compris ça. Leur force de locomotive, leur goût du panache, leur mépris des blessures, c'est beau. Voilà un animal qui ne renonce pas. Insoumission, c'est le mot qui me vient. De la lumière noire, il reflète. Ecoute, on voudrait tellement leur ressembler un peu.

La vérité, c'est que j'ai écrit tout ce qui précède dans mon pick-up, à la lueur d'un réverbère sur le parking désert du centre commercial vers les deux heures du matin. En y mettant un style un peu trop littéraire, pour que ça fasse écrit. De trop, je devine quand je relis. J'ai trouvé dans la boite à gants un bloc de papier publicitaire des tracteurs John Deer et violemment j'ai senti venir l'écriture. Comme un coup de blizzard en avril ou mai, c'est ainsi l'écriture. Je me dis que je voudrais être romancier. Une idée comme ça. Mais qui me tient depuis un sacré bout de temps. J'ignore d'où elle me vient.

Pourtant je sais n'avoir rien écris (hormis des listes de provisions à acheter et des pronostics de courses de chevaux…) depuis la fin de ma période scolaire. Là c'est pas pareil. Je crois que je vais m'y mettre.

Mais je me connais. Lorsque j'aurai terminé cette rédaction, je démarrerai, j'ouvrirai ma vitre pour que le vent hésitant de la fin du printemps emporte ces mots, éparpille l'amour insensé que j'ai pour une petite indienne. Car si je fais toutes ces choses bizarres, l'habit d'hidalgo en velours bordeaux et or motif aztèque, la toréade et tout le tremblement, c'est pour épater Ava. Qu'elle pense : celui-là quel numéro. Ava. C'est une indienne zuni. Ce peuple est mystérieux. Beaucoup de chamanes chez eux. Et un grand pouvoir dévolu aux femmes. Elles possèdent les biens et les décisions. Ava, je la surnomme Pocahontas. Rigolade. Son vrai nom est imprononçable. Le mieux est de l'appeler Ava, c'est ce qu'elle préfère. « Ava Gardner » dit Malcom X avec une sorte de gourmandise. Elle travaille au musée de la mine. Guide. Chez elle, elle pratique les cérémonies de la pluie, de la chasse aux petits oiseaux et d'autres choses plus énigmatiques. Elle est brune comme la terre saturée d'eau après l'orage. Ses cheveux et ses yeux sont de l'anthracite, elle est peut-être bien une sorte de toro. Jamais vu une femme pareille. Elle est unique.

Ava. Ava Gardner. En plus belle, c'est tout dire.

Autrefois les Zunis étaient considérés comme l'une des tribus de la nation Apache. Aujourd'hui, ils gardent des liens avec leurs farouches cousins et ils ne manquent pas une occasion de rappeler l'alliance de feu scellée par leurs chefs militaires avec le grand Cochise, le coriace des coriaces celui-là.

Sur le dépliant imprimé pour le musée de la mine (c'est le texte de Wikipedia ou bien c'est Wikipedia qui reprend le texte du dépliant de la mine) : les Zunis proviennent d'un peuple qui vivait au même endroit il y a plus de 1 000 ans, avant la venue des Européens. Ce peuple, les Anasazis, était une grande société qui détenait de larges territoires et de nombreuses richesses, et rassemblait des civilisations et des cultures distinctes. Les Zunis seraient les descendants directs des Anasazis. Les Zunis parviennent à rester peu influencés par l'extérieur. Ils revendiquent depuis toujours le même territoire, sur lequel ils vivent depuis très longtemps. Ce territoire est à peu près de la taille de l'État de Rhode Island. Ils vivent principalement au Nouveau-Mexique. Ils savent se protéger en ne prenant pas parti dans les problèmes qui ne les concernent pas. Grâce à cette neutralité dans les guerres et les conflits, ils restent autonomes et résistent aux changements qui s'opèrent autour d'eux. Háwikuh est le premier pueblo Zuni découvert par les conquistadores en 1539. Sur leur territoire se trouvent de nombreux vestiges de pueblos datant d'il y a 600 ou 700 ans en moyenne.

C'est bien simple, quand t'entends la rumeur de leurs tambours de guerre dans les sierras à l'occasion d'une cérémonie pour touristes, c'est plus fort que toi, tu te retrouves dans la peau d'un Blanc pas trop rassuré. Les Zunis. Les gens de la couleur rouge, les priants des dieux de l'eau verte, ceux nés du sable de l'ancienne race humaine. À ma grande surprise, j'aime Ava, c'est plus fort que moi. Un feu. Que je n'ai pas allumé. Dans la cuisine de Malcom X, découpé soigneusement dans un magazine de pêche à la mouche, scotché au-dessus de la poêle avec son habituel reste d'omelette au lard qu'il refilera le soir à son chien (il en laisse exprès), on peut lire affichés et protégés dans une pochette plastique ces sept mots sacrés de Walt Whitman : « *pour sujet de mon chant, nos années.* »

Au dos du prospectus de la mine d'anthracite : L'existence des Espagnols ne désarçonne guère les Zunis, déroutés toutefois par leur comportement obsessionnel concernant l'or, les richesses, la possession maladive des terres et des biens. Chez les Zunis, dont les textes fondateurs sont aussi minutieusement annotés que la Bible, l'humanité toute entière descend d'un petit groupe confiné dans un monde souterrain S'apitoyant sur le sort de ces âmes égarées, le Soleil leur donnera du maïs pour se nourrir avant de les éparpiller partout sur la terre. La rencontre avec les Espagnols fait figure, aux yeux de ce peuple, de retrouvailles de cousins longtemps perdus de vue…

Ont toutes promis de venir pour encourager la *cuadrilla*, les indiennes. Dans l'arène ordinairement réservée aux rodéos, le vrai spectacle sera dans les gradins de bois car toutes les beautés fatales des Etats Zunis d'Amérique mettront leurs plus belles robes tradi et leurs bijoux d'argent et de turquoise, parfois anciens de trois ou quatre siècles. L'heureux spectateur pourra laisser tomber sa langue dans la poussière écarlate, façon Droopy voyant Betty Boop, en matant Ava (la belle des belles), ses sœurs Cassandra, Bonita, Kitty Angel Face (donc dans la cuadrilla, Kitty). Les quatre cavalières de l'Apocalypse. Sans oublier les cousines et amies, plus atomiques les unes que les autres : Heidi l'herboriste, Lucky Bird, Kana 1, Kana 2, Betty Lee, Jesse James, Sue Heroïca, Indian Bee, Zuni Wolf, Louisa et Red America. Toutes là. Merveilleusement standard : de grands yeux d'asiates, des nattes ou des queues de cheval d'un inimitable noir bleuté, des tatouages sur les épaules ou à la naissance des seins figurant des lézards ou des esprits corbeaux, une peau de caramel et dans l'air cette troublante odeur de cèdre, de chocolat et de tabac froid, le parfum intime de la femme zuni.

Encore le prospectus : les femmes jouent un rôle important chez les Zunis. Elles sont considérées comme *la vie*. Les hommes travaillent mais tout appartient aux femmes. Ce sont elles qui commercent et qui s'occupent des finances.

Les Zunis pensent que leurs dieux habitent dans les lacs du Nouveau-Mexique et de l'Arizona. Et que les femmes sont les meilleures pour assurer la survie du peuple tout entier. Les rochers peints le raconte.

L'argent qui ne va pas et n'ira jamais, le clash des couples, un gamin du pays tué en Irak, la First Bank et sa dictature, le dentiste qui a fermé son cabinet et il faut aller jusqu'à Santa Fe (que l'on appelle parfois de son nom antique : Ogha Po'oge ou de son nom navajo : Yootó) pour se soigner, les trois doigts en moins d'Alonzo, je me souviens, car il a scié du bois ici et là le week-end pendant quarante ans, voilà à quoi je pense à cet instant dans mon pick-up hanté par ces dieux zunis que je ne connais pas. Alonzo, il imitait à la perfection le hurlement du loup chef de meute et qu'est-ce qu'on pouvait rire en voyant le bétail soudain terrifié. Maintenant, a dit un soir Malcom X, le bétail c'est nous. Le monde est dur. On nous parque, on nous voit comme de la viande de boucherie. Et il a continué : nul n'ignore que toute histoire semble condamnée davantage à la répétition qu'au changement. C'est comme ça pour l'argent et pour les femmes, toujours un pur désastre. Alors il faut simuler parfois la joie, le bien être, la croyance en demain, il faut s'offrir l'illusion partagée de réussir quelque chose. Une course avec des taureaux pourquoi pas ? C'est le choix de toute une ville, cette course. À Madrid, nous sommes cette course. Je vais devoir assurer, on va assurer.

Six mois plus tôt, de retour de chez mon Malcom, une nuit, je me suis garé par là car j'avais trop bu et je devais vomir. Et j'ai vu traîner sur une pelouse impeccablement taillée un pot de yaourt vanille-goyave presque vide que des fourmis investissaient dans de rageuses ondes noires. Dévorations. Cette vision a décuplée ma nausée. J'ai senti que j'étais devenu une bien pâle copie de moi-même. Quelqu'un de spécialisé dans les fins de partie.

J'ai alors aperçu de grandes ombres dans le ciel nocturne faiblement éclairé de lune, des silhouettes humaines et animales géantes, on aurait dit. Ça se déplaçait alternativement très lentement puis à une vitesse inimaginable. Le phénomène a duré quelques minutes, mettons dix. Le ciel, tel un océan à l'envers. Me sentait comme un naufragé ou pire comme un noyé. Mais secouru, tiré de là par ces choses errant dans les nuages. Des nuages, c'était peut-être simplement des nuages ? J'ai éprouvé une tristesse infinie en tout cas et j'ai hurlé, même que des gens m'ont entendu et se demandait. J'ai vraiment hurlé comme un coyote à la lune : ça suffit cette vie à la con, cette solitude, ces jours sans amour. Le lendemain, tu me croiras si tu peux, j'ai rencontré Ava. Avec elle, j'ai tout de suite eu le désir d'être vraiment là. En tout cas d'essayer. De faire tout pour. C'était comme si je revenais d'entre les morts. Je lui ai raconté bien plus tard l'épisode des formes aperçues dans les étoiles et sur ses conseils j'ai consulté un chamane de ses parents.

Il a dit écoute une des choses les plus intéressantes à faire, c'est de regarder le paysage. Pas de le voir, ce qui signifie qu'on ne lui prête aucune attention, qu'on le considère juste comme un décor pour nos petites affaires. Non, le regarder. Les arbres sont uniques, les roches sont uniques, la couleur de l'air est unique, ce moment que tu vis sans lui accorder l'amplitude qu'il mérite est unique. Tu es unique.

Ava
Surtout
Est
Unique

Quand j'ai parlé de cette idée de toréade à ma petite indienne, elle a souri puis a exprimé avec gravité : tu sais, le courage, ce n'est rien d'autre que de la confiance dont les autres te font cadeau. J'ai trouvé que ce qu'elle avait dit, c'était tellement juste et tellement beau que, une fois seul, j'ai pleuré comme un con. Et un homme, il ne pleure pas, c'est ainsi.

Je me rends compte aussi qu'écrire, ce n'est que gémir. C'est qui manque de dignité. C'est pourquoi personne ne lira ces lignes, je vais démarrer et ouvrir la vitre de mon pick-up à l'essieu définitivement de traviole et ça tire à gauche, le vent hésitant du printemps emportera ces mots bla bla bla wouououou. C'est demain que je descends dans l'arène. Je ferai de mon mieux. Devant tout Madrid.

(*Madrid, Etats Zunis d'Amérique,* 2014. Nouvelle publiée en première version in *Latifa,* collectif, Au Diable Vauvert, 2014 ; in *Rencontres extrêmes*, collectif, Souffle court, 2014 ; et in *Boxer dans le vide*, anthologie 2005-2015 des nouvelles de l'auteur, Souffle court, 2017).

Avec le soutien de Rose Evans, Olivier Millet (*Hispaniola Littératures*) / Ludmilla de Monfreid et Zoé Agbodrafo (*Totemik CrowFox*) / **Merci** à Dan O'Brien, John Henry, Rudy Ruden, Pascal Parmentier, Fabrice Gallimardet, Karma Ripui-Nissi, Emmanuelle Sainte-Casilde, Philippe Vieille (pour le voyage américain) ; Marie Doré, Julia Woolf et Sébastien Breton (*Lapin à Métaux*) ; Astrid Laramie, Olivier Bastille de Gouges et Paul Astapovo (*Fondation Carlota Moonchou*) ; Bob Collodi et Maria Quiroga *(Académie royale des littératures Orélides)* Laurent Battistini, Piotr Bish et Aksana Lydia Oulitskaïa (*Neness Danger*) / **Madrid, Etats Zunis d'Amérique** / Éditrice : Rose Evans / Photographies de couverture : Morgane Aubielle / Mise en pages : Anastasia Tourgueniev et Zoé Agbodrafo (avec Béthanie Rib) / Dépôt légal mai 2021 / ISBN 9782322251704 / Imprimé en Allemagne / www bod.fr / www. aubert2molay.vpweb.fr / © Ph.A2M, 2021 © Hispaniola Littératures, 2021 /

www. aubert2molay.vpweb.fr

**du même auteur chez Hispaniola Littératures,
disponible en librairie et sur le site BoD**

Collection L'Inimaginée
(Littérature de l'imaginaire)
-PETIT TRAITE DE SORCELLERIE ET D'ECOLOGIE RADICALE DE COMBAT
-DOULEUR FANTÔME

Collection L'imaginable
(Littérature blanche)
-SAPIN PRESIDENT

Collection 1 nouvelle
-TOUTE PETITE FILLE DES DRAGONS
-SUPERETTE
-LA HAUTEUR
-LA MORT DE GREG NEWMAN
-DIX ANS AVANT LA NUIT
-SELON LA LEGENDE
-S'ENFERMER DANS UNE CABANE ET ECRIRE
-EN MARCHE
-LECON DE TENEBRES
-L'HIVER 1877 DE MISS EMILY DICKINSON
- LA ROUSSEUR DU RENARD
-TECHNIQUES DE VOL HUMAIN EN CIEL NOCTURNE
-LA FEE DES GRENIERS
-ROUTE DU GRAND CONTOUR
-LE DOCUMENT BK 31
-FANTÔMES D'ASTREINTE
-BRODERIES ET TRAVAUX D'AIGUILLES
-LA REPUBLIQUE ABSOLUE
-LA BONNE LONGUEUR DE MECHE
-MADRID, ETATS ZUNIS D'AMERIQUE
-INTERNITE
-KANSAS ET ARKANSAS

Collection 1 nouvelle